ゴダールの悪夢

尾崎まゆみ
Mayumi Ozaki

ユニヴェール19
書肆侃侃房

ゴダールの悪夢＊もくじ

I　ゴダールの悪夢

II　水の愛撫

III　銀のマーカー

IV

I　ゴダールの悪夢

記憶のなかへ

地下鉄へ螺旋階段おりてゆく深いふかい記憶のなかへ

モナリザは明るいところがはづかしい左手首を右手が覆ふ

曲線をたもちつつ右のはうへとヴィーナスのしろい胸の骨格

シラブルが少しわかつてフランスの知らない音が耳をくすぐる

人間のかたちを思ふダ・ヴィンチの伏し目がちなるマリアの腕《かひな》

ニケに逢ふための翼をひろげつつ階段をのぼるときのときめき

睡蓮は時のながれを巻きもどすらしい光をうけながら咲く

シラブルが耳になじんで流れゆくアウァル橋からあふぐ尖塔

ノートルダム大聖堂の薔薇窓のコバルトブルーと地下鉄に乗る

怒りの焼けたにほひたなびくオペラ座前、投石と硝煙のせきらら

薔薇窓

ペン先のなぞる意識のながれからザウリムシなど生まれはじめて

瞬間嘆美共有《インスタ映へ》的な画像がながれゆくさびしい人の臓器のやうに

チーズケーキにラムレーズンの香のほどけ晴れた心に混じれる酸味

薔薇窓をみて死にたきと薔薇窓にあの人の声ふはつと浮かぶ

眼のなかに光をいれてしまふから瞼はすこしだけ罪深い

薔薇窓の待ち受け画面もうもとに戻らないかもしれぬブルーの

青空をくるしいほどに浮遊する言葉青葉のいろが眼に沁む

鉱物のコバルトブルー空の色かなしみのふかい薔薇窓のなか

光の渦のなかにひとりのわたくしの、ふ、あ、ん、小鳥の声が聞こえて
はつなつの孵化したやうな眩しさに過去の私を許さうとおもふ

彫刻の人

泰山木の白がなげきをおほふ歌おもひつつゆく海岸通

海からの風を感じて堕天使のポスターに見られながら横切る

アーモンド形の眸のテッツアーノあの肌色の白いほてりを

降りだした雨のにほひの地下道に打ちつけられた彫刻の人

白い足首のつめたさ擦れ違ふくれなゐの濃きペディキュアの爪

ジーンズをわざと破いて穿くほどのさびしさ紡ぐ豊かさにゐて

土砂降りに傘開いても夢開くちからとならず濡れながらゆく

コピーする広重の雨の直線のむかうは川の流れがはやい

おとうとからの乾いたメール父母の家の更地の写真とともに

失はれた時を求めてふつくらと官能的なあのマドレーヌ

白き根と幹よりうまれ死を致すやうに凌霄花《のうぜんかづら》が朱い

まぐのりあ

指先は雛のこころのうらがはをなぞりつつはなびらのかたちに

切れ長の少女はねむいゆで卵むけばひいやり気室にふれる

春はくる風にひかりに杉花粉まじりあそぶはおそれとしても

雨にあふそのよろこびの一日にダ・ヴィンチの人体図をおもふ

水なき空のみづを含んでゆれてゐる靄ふかく青空は遠くて

声の翼をあなたは見ない空間に生まれた花のこゑの羽ばたき

マグノリアピンキーわたしの庭に咲きフィレンツェの木蓮とかさなる

ぬばたま

愚かとふ貴い徳のものがたり潤一郎の「細雪」には

居留地にのこる昭和のビルの壁機銃掃射の黒い傷痕

エレベーターを待つ足首に蛇のごとひえた空気の腕がまつはる

高層の窓辺より眺める街にたましひの核さざめいてゐて

白にまじれる赤いひかりはいのちなりルミナリエとは祈りであれば

手のなかにひめやかにもつ痛点をひろげてあかい光をあびる

眩しさのなかにわたしの踏みしめた瓦礫まみれのなつかしい街

てのひらにふれてしまへば粉雪はみづの祈りのいろの透明

L’Arc~en~Ciel のゆらぎの声の網貂明朝《てんみんてう》の文字の妖しさ

美しいものは刃《やいば》を光らせる流線型のジェット機もまた

三宮駅のホームのドーム状屋根にものこる焼夷弾痕

こころなど落ちてゐるから神戸線車体の床は丁寧に踏む

血のにじむまで削られた足の裏ハニカムはびらびらの傷口

甦るいのちであれば玉蜻《たまかぎる》ほのかはぢらふくれなゐの芽は

あわゆきの溶ける気配にシャコンヌの喘ぎのやうな声を見いだす

誕生日ぬばたまの夢にうかびくる平成七年一月の街

やはらかくいのちを包むためにある人のからだの皮膚の肌色

ゴダールの悪夢

海岸通り白いブラウス揺れてゐてやはらかな日常とふれあふ

七曜の時のめぐりのなかほどの水曜日みづの羽音が痛い

ゴダールの悪夢にみちたイメージのなかに五本の指があらはれ
待つ仕草赤い炎と碧い海まじらぬやうに被膜をつくる
なきがらは流れるままにアスファルトゆらめきに蟬の声のとろけて

エタノールの匂を逃すために窓ほそく開いて空気をいれる

廿日目の月の縮んでゐるといふことを知らないぬるい暗闇

目の奥のひかる細部に美はやどる虹彩はちさき花火のかたち

ひかりのなかに昨日の恋がゆれてゐて不気味なる日日の水際にゐる

空中回廊

サルエルパンツさりげなく履く杉の樹のすらりと伸びた足のゆくさき

ころがつてゆくビー玉を追ひかけてシューベルト「鱒」のメロディーの揺れ

なめらかな夢をひらいてその蜜を吸ふやうな人かるく眼があふ

クリムトの描くユデット虹彩のすこし開いたところを覗く

愛はうしろに沈む誰かのかなしみを浴び花ひらくクリムトの絵も

情念のあからさまなる泣き顔を写実的なる筆致に掬ふ

アルフォンス・ミッシャの女瞬《またた》かずクリムトの描く内部のゆらぎ

なだめては歪みのなかにぜつばうをエゴン・シーレの枯れた向日葵

自我の一点硬いところが呑み込めずオルガン奏者の青いときめき

「死と乙女」奏でるやうに青空はまた椋鳥の群れを弾いて

みえないを見える音符にひろふときフランツは円い眼鏡を使ふ

はなびら踊る

水晶体のうるむ六月アレルギーまぶたは黴の胞子がこはい
紫陽花のはなびら踊る母のため薄いひかりを滲ませながら

あれは鳥かしら、　瞼を影がすぎ六月の青空の底へと

悪しき母たちの記憶は本棚のセガンティーニの画集のなかに

くすのきは黄白の花を中心にかかげて梅雨をまぶしくさせる

万緑のみどり児ゆらら点描の山肌に幾千のてのひら

暗闇をにぎる形にみどりごは泣く胸骨をぐつとひらいて

淡路から帰る途中にほんたうのことしか言はぬ母のゐる家

天使のはしご

アラベスク模様にのせる象嵌の寄木細工の小箱をひらく

白ワインエールフランスお勧めの炭酸割りの弾けるかをり

テッツアーノのオルガン奏者がとらへたる皮膚につたはる音楽の波

ジブラルタル海峡を越えオスマンの夢の結び目グラナダの水

スペインの内部のふかくひろびろと天使のはしごかたむくあたり

うはめづかひに空を見上げるエルグレコ教会にユリの花束を置く

虎猫はからだをそらし伸びをするサービスエリア内の食堂

生きてゐるとはいへ無駄の無き肉の黒光りする体にむかふ

フラメンコギターの杉の木はうすく花粉の黄《きい》の音をふりまく

街路までさまざまな花描かれてガウディは空白を拒否する

緑の日傘

ひらくは空の気配とおもひつつ開館前の列へとならぶ

草上の昼食白きマネの絵の裸婦像の目に見つめられたる

翳りまでゴッホは描くそのままにしをれてしまふ向日葵の黄

手弱女《たをやめ》としろき光の波のゆれ緑の日傘モネのよろこび

夜想曲《ノクターン》あをみを帯びてほのじろくローランサンの少女をなぞる

みやびなる静止画像のバルコニー背後にプルーストの気配が

こころにもほとりがあつてたちまよふ思ひのやうに鶴がはばたく

白傷きらめく

焼き林檎パイは四つに切りわけて句跨りしてゐるやうな日日

まどろみをさそふ電車の窓の海の自傷きらめく傷跡の波

水面《みなも》にはゆらら日差しがおりてきて松の葉影の微細をゑがく

やはらかく言葉をつなぐ古今集過去からの声なんてあざらか

しだれ桜の蕾とゆれる爛熟の恋の予感のつぶつぶ赤い

心臓にふかく届いて閉ぢこめる木洩れ陽ほそく刃のかたち

organは臓器であれば体内にこもる記憶の弦をつまびく

楽曲はその演奏のさまざな感受に違ふ顔をみせあふ

誰かわたしの喉の形をなでてゐる感じウイルスなどがざわめく

いのちあるかぎり忘れぬはなびらの朧月夜に濡れる質感

右の眼にこれから先の愁ひなど左眼は過ぎた日日のゆらぎを

生きものは匂もつもの真夜中の少女に月のにほひが染みて

まはだかの春のはなびらふふむ口びるは知るらむほんたうのこと

暗闇の精度を測るためにある月は光合成ができない

II

水の愛撫

おほぞらの月のひかりしきよければ影見し水ぞまづこほりける

古今集巻六冬歌　よみ人知らず

水の愛撫

鳥居のまへの樹の根元には黒猫のゐて人波の揺れをみてゐる

さやりつつ風のさやさや砂利道を踏みしめてたつ低いヒールに

ああここになにが来てゐる現象の深きみどりの靄に陽が差す

樹はやはく言葉としての木洩れ日を砂利道にしらしらとこぼして

白い意思うちがはに秘めてゐるらしい骨の毀れた白き石踏む

薄明光線翳りに闇のふかくして樹のうれのいだく空間にゐる

秋と冬ゆきあふこころ夕空の隅がくれなゐいろに焦がれて

水鳥のねむれる足の冷たさを胸の揺らぎのなかに感ずる

午前五時空気はくらく夜明までひつそりと息をひそめ霜月

陽の恋しさに首筋は揺れさうになる五十鈴川なり鈴の鳴る音

水面の揺らぎにゆれる水いろのひかりの反射みづの愛撫は

鳥居には朝のひかりを閉ぢこめて欄干にまぶしさがいつぱい

地に足をつけてゆつくり滑らせてけふいちにちの秋を歩けば

月讀のあらみたまのみやしらじらと意思そのもののひかりがそそぐ

輪郭の線を引かれたうちがはのさらにふかくに琥珀の虫が

産むのではなく譲り葉に譲られて木のいのちひめやかにしたたる

くすのきの葉をもみしだくてのひらに月讀宮の空気は沁みて

草書体の流れる雲のゆきかたの少しちぢれてゆづり葉は散る

なつかしいルネッサンスの様式の神宮徴古館の石積み

金色の眼

おほぞらに月と呼ばれるもののかげあの三輪山の背後をてらす

ほのじろく透ける繊月爪の痕空をすうつとひらく傷口

その人の声は育む胎内に眠りむさぼる金色の眼を

蘭鋳《らんちう》のあぎとふ水にくづれつつ月の舟ゆふぐれにゆらめく

伸びあがる蛇のやうなり昼の月ふかく命は息をしてゐる

月の光に浮かぶおほくのくちびるの艶めきが空間にただよふ
銀紙のきしむ感触指先に月のひかりをもてあそびつつ
のりしろを剝がしてひらく記憶ありそこにも架かる上弦の月

昼の月しづかにてらす空の青うすく透かせり裏は見せない

鏡にはすこし太れる宵のつき上目使ひの嫦《じやう》娥《が》のやうな

リップグロスをひいやりつけて産月を待つ人は夜のけはひをまとふ

深海の鰈の骨はきれいだと身を毟るしろい指の艶めき

煌めくは豆名月また栗名月クロスワードパズルを照らす

青い月

晴れさうな空なり朝の冷たさがすこしまじりて皮膚に反射す

硝子窓映るは緩い顔のゆれ眉化粧《けは》ふ指先のこまやか

三宮までたどりつき一斉にエスカレーター目ざす足首

阪神電車へ駅の改札走りぬけ地下の空気をざらつと纏ふ

すれ違ふ電車のまどにハンバーガー食べる少女の眼の黒い色

伊勢神宮のすべてを捜す難波駅キオスクの棚に遭遇したり

ホームにて購ふ特急乗車券伊勢志摩の海までは行かない

九時四十五分の電車ゆつたりと物見遊山の空気となれり

座席にはひとりの時間鶴橋を過ぎて地上のひかりを感ず

レイラインの謎を読みつつ五芒星なる不可思議な形をなぞる

伊吹山から能褒野《のぼの》へと白鳥《しらとり》の影は地上にひくくかかりて

秋ふかく山のなだらか伊勢路へとうつぶせに睡る背中のやうな

わたくしの思ふ部分はやはらかい古語に日差しがとどく窓際

なよたけのとをよる姫のゐるならむ竹の林を電車はすぎて

松阪のひがし近鉄宇治山田駅のホームに「しおかぜ」は着く

さつくりと一尾の海老のフライカレー鳥居へとむかふ力をもらふ

バスの窓真昼の月とゆられつつおもふ薄切り大根の月

しまはれて染みさへきざす手帳には心の青い部分をしるす

象牙色の水

読みふける「絵のない絵本」の柔らかな月のひかりに覗かれてゐる

けざやかに自然治癒力素裸の心は月のひかりを欲《ほ》りす

玲瓏と土におりたつ月読のをとこは蛇といふ物語

はみだしてゐる身体の照り翳り立待月はゆつくりのぼる

感覚のゆりかごふらここ揺れながらブランコを漕ぐ満月の夜

幻視的なる「月百姿」芳年の描く孕みのやうな月かげ

みづに月うかべる月夜商人は葛原妙子「をがたま」のなか

シネ・リーブル神戸へつづく浪花町ここも世界の片隅として

右欠けのかたちのままに玉蜻ほのかにひかる万葉の月

月出帯蝕二〇〇七年八月の月を私は見たのだらうか

象牙色のみづに漂ふ水海月胎内を掻い潜る思ひは

また夢にほそい下弦の月はきて雉虎猫の背骨をなぞる

図鑑にはしづかの海と危機の海新月は生まれなほすよろこび

こころもち傾いてゐるくちびるのかたちを保つありあけの月

ほんたうは月のひかりが育んだ地球の土が濡れて息づく

流露する月のこころのつめたさの証としての霜柱たつ

月蝕のをはりの合図稜線に光の指をすべらせてゆく

ルミナリエも二十五回目強すぎるひかりが人のからだを蝕す

月のごとき乳房を持つ観世音つきかげは胎内を照らせり

踵から仙骨ゆれて蝶形骨歩くわたしを撫でる月の手

花の眼力

黒いカンバスの誘惑ただひとり絵に逢へば絵のはぢらふごとく

忘れてはゐないけれども白きはなびらに宿れる無垢のおもたさ

ねんごろにではなく強くアネモネのひかりを描く、花の眼力

タクシーは観光客を運びつつ木の影をひきながら駅まで

坐骨には大地のうへの空間の隙間などじんわりと感じて

青空の刹那刹那を透かしみる昼月のくらくらと明るい

けふはすこし水がたりない金色の銀杏並木のひかる歩道に

エスカレーター降りるときまたすれちがふ眸に光る花をもつ人

春紫苑

はなのうしろに大きく架かる虹のあし車窓を過ぎる十二秒間

なめらかな皮膚をひらいてうちがはの花を差しだす三岸節子は

ひとさし指の爪にひとひら静脈の血のくれなゐが淡くひらいて

らんまんの花びらはらら心臓のあたりぞわつとふるはせて散る

くやむこと昨日はあつて春紫苑ヘッドライトのひかりに白い

路銀こぼれる音

吾亦紅わたしもあかい秋の花血の色のさざめきが奇麗ね

満天の星のひかりに手を伸ばす木曜日マニキュアは銀色

銀河へはいつてみたいと玄関に雉虎猫が伸びをしてゐた

つま先をたてて歩けば黄泉路への路銀こぼれる音の響いて

土曜日は猫の点滴銀河からふる星屑のちからを浴びる

たましひはたとへば真珠うちがはの痛い心がつくる皮膜の

さびしいと書く２Ｂの鉛筆に銀色の月といふものが射す

手をあらふ蛇口の銀はひらかれて温度の低い涙をながす

Ⅲ　銀のマーカー

初蝶

父のゐた日日の記憶をひとつづつ薄く剝がして飛ばす初蝶

すれちがふ人の背中に白梅をあふれしめたるエコバック揺れ

人間の声のやさしくふりしきるひらら微笑みかへすはなびら

白梅は銀の吐息とつつましくからだに生のにほひまつはる

囀りの音の降るふる印南野の空はいのちをたつぷりと抱く

時間の裂け目

その日日にひらいて心散るやうな萩のむらさき息ができない

母の骨しらしらひかる体幹を鍛へてみたい気持と出会ふ

籐匣《バスケット》には雉虎猫と猫みるく娘きらりと五月晴なり

色眼鏡《サングラス》越しのひかりのハリウッド、ソフィア・ローレン　ピンヒール跡

青空に沁みる紫陽花ヴィスコンティ「ヴェニスに死す」の蒼い感傷

はじめての体験はまだ残されてゐてアクセルをゆるく踏みこむ

新生児室の窓辺に紅梅の雄蕊震るふる見つめられたり

抜き糸のゆらら粉雪ひとすぢの風のしろさは時間の裂け目

はるのゆふぐれにしろじろ揺れながらさくらは白い肢体をひらく

『紡錘』の三首目にあるをんなとふ感じをまとふ「傘を廻せば」

神戸にはかうべのきもち福島のこころを思ふ投稿のうた

明石海峡大橋《パールブリッジ》からの神戸はきれいだと助手席の父の目指すホスピス

おとうとは父の指先みつめつつ逝くまへの緩いさざなみをいふ

さんぐわつの電車の窓の青いそら葛原妙子読みにゆく午後

せしうむも秘めて五台目パソコンも記憶の淵であれば息づく

たまぼこの街路情景《ストリートビュー》に父の家　更地となりしことは知らない

やはらかく零れてゐよう百日紅わたしの過去がはぢらふやうに

母の喪の月

きたないはきれい昭和の街角のうすいガラスのひび割れ模様

ゆつくりと言葉を閉ぢる感情の棘のとがりをさらさぬやうに

すみだクリニックの二階病棟に伯母たちがゐる母の喪の月

房咲きのうす紅色のちさき花昼のひかりに蜜をすはせる

ひかり一枚はがれてしまふバスが来て扉開いた一瞬のこと

伯母たちの会話のなかにふと翳るこころの澱をみつけてしまふ

ムクドリの声としだれてしなやかに対向車線沿ひの欅は

まだ温い伯母の骨壺抱く腕に母の血潮がふいに目覚めて

曼殊沙華咲けば萎れて逆睫毛うなだれてゐる世界にそつと

そのなかに少女のころの尖りなど隠してゐるやくれなゐの花

てのひらにまだ残る熱あのときの人の言葉を許さうとして

アンモナイトに時を巻き込む力あり満月の日のヨーガの呼吸

絵葉書の植物の根にからみつくほどに空気は細部を浸す

黒猫パン

潮風の孕むはつなつ初恋の記憶ほどけてゆらりつり橋

青空の底にひろがる伊予にまだ十六歳《じふろく》だつた私を捜す

心臓のあたりがくすぐつたいカノン楽器店から追ひかけてきて

思ひ出を歩けば黒猫パンに会ふコッペパンのやうな手触り

百貨店跡の空き地にエモーション名前をひとりひとり呼ばれる

銀のマーカー

微熱もつ水のゆらぎの輪郭をとぢやうとしてグラスに注ぐ

合歓のはな瞬きながら睫毛から睫毛へふかくおもひを飛ばす

日傘さすほどにまぶしい百日紅ほわつと午後の陽射しに閑《しづ》か

しかたなく汗はこぼれてゆくのだと体温のまだぬるい昼過ぎ

息をするたびに花弁をふるはせるしらゆりの甘つたれに逢ひたい

月のひかりは銀のマーカー蘭鋳の尾にひらひらと反射しながら

いのちなど零れてゐるや川沿ひに雨垂れがたの青鷺がゐる

白い花束

雲もまた世界に蓋をしてゐるとサン・テグジュベリを機内にひらく

金色のうろくづ雲は照らされてこころの襞のつくる陰翳

帽子の絵めくれば蛇に呑まれたる上目遣ひの象が一頭

この世にもゆけぬところはあるらしい成層圏の沈黙を飛ぶ

大切なものは見えない手を繋ぐ少女のほそき骨のうちがは

かの人の逝つてしまつた部屋に棲むともだちに買ふ白い花束

かすみ草はすうつと白いつめたさと教へてくれた花を売る人

うしろからくるおもひでの香りありありくちびるばなのローズマリーの

春はくる花は季節のリトマス紙　水晶の数珠を触つてゐれば

おもひでは別れたあとに眩しいと星の王子さまからの伝言

たらし込み技法の雲のくれなゐを飛行機は揺れながら神戸へ

大切なものを見たくてたそがれの瞼をうすくひらく三日月

壊れかけの水鳥みたいに飛べさうな月のひかりがわたしを照らす

金星に近づく

うたは訴ふとわたしのくちびるをひらかせてゐる日日の泡たち

らふれしあ硝子のしたに蠱惑的肢体を抒情のやうに晒して

裸木のプレスセンタービルに吹くすこしバブルのまじる北風

夏の夜にブスコパンなど処方されファックスが動くさまを見てゐる

詰襟のホックはづしてちやりに乗り駅への道をポケベルとゆく

火の匂する誕生日亜米利加の高速道路の毀れた写真

手を洗ふ蛇口のみづのつめたさのひとの命のこのうへもなく

生きてゐる感覚がまだ戻らないすこし危ふいことしてみたい

携帯とパソコンを買ふメルアドは地震のときに欲しかつたもの

まだ痛いこころを乗せる言葉あり繊月は金星に近づく

とりあへず世紀をまたぐ携帯の着信音はサザンの「ＴＳＵＮＡＭＩ」

水際

樟の天辺うらら春風に耳のやうなる若葉生まれて

水際のしとねに座る足のうらやはく尾びれの指をひらいて

細胞にふくらむ水のうつとりと新芽みどり児水際の春

維管束の中をゆうらりたちのぼる樹液は踊る肢体であれば

水際にきてゐるアントシアニンに桜花くれなゐを濃くする

風切羽根見せない鳩の歩みきてあれは私の父の伝言

象形文字

天と地をあめつちといふ近代の歌はひつたりからだに馴染む

からだまで引き寄せられて読みふける岡本かの子の湯に浸るうた

底ぬけの底なし沼に右足は入りこみさうページを捲る

やさしさはここに来てゐる人といふ象形文字の下の空白

裸身のやもりと歌ふ光太郎月のひかりの照らすはだかみ

一字空けの議論はじまりふはふはの肉まんぢゆうの皮が食べたい

Ⅳ

菫色した夜のうぶごゑ

心は言葉にたどりつき言葉は背中から抱きしめる

薔薇の卵

画面には筋肉質の人の汗バーチャルヨガの水底にゐる

肩甲骨をひろげる亀のポーズなど薔薇の卵のやうな気持ちで

アルハンブラ宮殿をながれる水のチック・コリア「スペイン」の音

背中から腰へとむかふ稜線に思ひの襞のゆれつつのびる

肉の声たましひの聲とぢこめる肉体もまた実りであれば

瞼をとぢて太陽をみるときの眼だ更待月ははれぼつたくて

発光体としてくらやみにひかりあふ硝子窓巣籠りの人類

菫色した夜のうぶごゑ

元町通テールランプのうるみつつ稲垣足穂的なまちかど
きらきらと星を売る店ふりつづく冬の星座のルミナリエまで

足音を殺してゆけばすれちがふとき透きとほる時の冷たさ

左手と右手をゆるく組んで待つ菫色した夜のうぶごゑ

痛いひかり

しらうめの花芽膨らむ一月の空気をよぎるデヴィッド・ボウイ

ああ痛いひかりだつたとあの頃の心をさぐるメロディが来て

点滴の針は猫の背中の皮に刺し脂肪と皮のあひだに入れる

女《め》の雛《ひひな》ほつりとゑまふ眼の色にアンドロイドのやうなぬくもり

緋毛氈あたたかくあるひな壇に雉虎猫の肉球の花

無邪気から邪気がこぼれてゐるらしい市松人形おかつぱの貌

夕焼の冷たく燃えて薔薇の花びらをゑがいてフリーズドライ

既朔とふ月のするどく降りてきて猫の眼のなかへ帰らうとする

ポストへと落とす葉書のさやうならのわーるの声の響きとともに

菜の花を過ぎて私のおもひでのあかるい部分だけが浮きたつ

水のにほひ

曇り日の京都の昼へはしり込む人をみやこぢ快速は待つ

東福寺のホームはほそく電車には鴨川べりの風の触れたる

ほんのりと生駒の山の稜線の色づくは紅梅のあいさつ

六地蔵までの竹やぶ桃山の駅に一時停止のひさめ

通路には投げ出されたる太き根のやうな足あり私だけ見える

大姫の宇治の都に本能のゆれて紅梅ひらくまぶしさ

根の国へ抜けるみちすぢトンネルの城陽、玉水紅梅の帯

玉水はみづの匂を運びつつからだは水を欲する気配

木津駅を過ぎてくれなゐふかき梅ひらく流れのままに燦燦
あをによし奈良の都へ足首のふたあつ雨のにほひと入る

花の企み

改札をぬける少女はてのひらを汚さぬやうにICOCAをそつと

てのひらは扉をひらき出入りするたびに違つた表情をもつ

水のふかみに火がもえてゐるやうな日は切子細工の花瓶に薔薇を

喰ふ触れるつないで生きるてのひらの本能などを描く　『装飾楽句《カデンツァ》』

ゆれる手に形はあつてかげは百合二本の花をかかへて歩く

踊り場でダンスをしよう私たちあたたかな体温の点滅

美しい手の壊れかた人間の関節に丸い骨は選ばれ

散る花はゆるしてあげる死を語る夾竹桃の紅いくちびる

手紙にも声を持たせて届けたいたとへば初音ミクの呼ぶ声

ローソンの抜け殻の壁に白い板ヲナモミは闇をそだてはじめる

迷宮

花がたみ目並ぶ春の迷宮は鏡花全集さうルビの燦

つめたさに締まる三月桜花まだ固くあるわたくしのため

ひさかたのひかり囀る木蓮は鳥籠ならむ蕾ふくらむ

やさしさに喉をひらいて震はせてゐる目白ゐて蕾をちらす

時の煌きのふるへのひと粒の真水グラスのふちを零れて

白亜紀の草食獣は木蓮の六弁の花むつちり食べる

点滴の針をさされてねむさうな猫のくびすぢ指になぞれば

ゆつくりと魚の啄む鼓動あり昼月のしろいかたちの心

葉桜をやはらかくゆく風のいろ宝鐸草が白く汗ばむ

銀の風吹く

メトードの扉でせうか三月の三寒四温水の銀色
きのふからけふへ吹くかぜ恋の風つぼみはやはくゆらぐけれども

名古屋駅すぎて次第にさわだつは富士に見られるやうな感覚

みどりの葉照る葉ゆれる葉言葉たちカデンツァのメロディーと触れあふ

東京は乗り換への駅東北へ時のながれを乗りかへてゆく

福島を過ぎるとき磐梯山は巌然と白、燦然とある

たましひはひらかれてゆく北上の流れのやうな一行の詩に

水銀を抱へておりる新幹線北上駅に銀の風ふく

乳白の膚

左には自画像があり右がはの少女と桜草を見つめる

レオナール藤田の好きなフランスのトワル・ド・ジュイの硬い線描

天花粉うすく絵の具にふうはりと重ねてつくる乳白の膚

髪を結ひあげてきらりと開きたるあの目差しは嫉妬のやうな

言葉じりとらへてしまふ恋跳ねて波の切れ目のとぢる瞬間

万華鏡きらきら廻る永遠の子どもの顔が並ぶテーブル

触つてはいけないけれど中指は藤田嗣治の乳白を恋ふ

残酷な四月

ジョーヌ・ジョンキーユは黄色残酷な四月にひらく水仙の色

伸びをする雉虎猫の黒白の渦巻き模様がたのキャンデー

春の滋味豊かなる靄のみほしたミルク飲み人形のくちびる

ひとには丸く眠る形のしあはせがあつてからだをつつむ春服

糸足のゆるいブラウス甕《かめ》覗《のぞ》き色の晴れ間の貝殻ボタン

プルトップタブ引く指に伸びあがるローズマリー擬きの香り

父のゐた月日の嵩をとぢこめてぼうたんの蕾やはく膨らむ

猫の眼のふくらむ白い瞬膜のいたさうな痒さうな微睡み

夢といふ蛇のやうなる感情が哲学の堅いからだをつつむ

マナーモードの明かりがだるい考へることの楽しきはつなつの頃

薊咲く薄紫のうすうすと唇をさすほそきゆらぎの

ぼうたんのむらさきひらくまで揺れる膝をたわめて眠る妹

藍色の藍のぶぶんが月のふね野葡萄の粒ぎつしり詰めよ

ダリアだりあの

くすのきの木洩れ日しやらら眩しさに吸はれてしまふ君のからだは

金色の翅のはみだす噴水は朝のひかりを弾きかへして

わたくしの白いシャツには自転車のひかりをおびた影のゆらゆら

うす青いポンポンダリア遺伝子を組みかへられて青は留まる

サドルに座る少女の足のペデュキアの水玉模様ひかりに甘い

抱きしめてみたいはなびら型の痣半袖の腕のあたりにひらく

青空に閉ぢこめられた世界だとあの人はゆるく微笑んでゐた

人間の背中に羽の跡がある自転車の黒いペダルを踏めば

墜ちてゆく道はゆるやかアスファルト揺れてひかりをふふむ陽だまり

ダリアにはだりあのこころ自転車はダリアだりあの影をよこぎる

合歓

白猫はひかりとあるく歩道橋へと木洩れ日の水玉を着て

くれなゐの睫毛ふうはり合歓のはな幹線道路ぞひの眠たさ

フラミンゴ緋房のはねの羽ばたきは鳥かごならむいだく卵の

青空に透かす虫喰ひ葉桜のひるの夢かもあまく影踏む

花屋にはをんなの秘密オキザリスゆらぎをこめて咲く中山手

水音の水の揺らぎに雌雄あるやうなり午前一時を過ぎて

わたくしのからだと人の存在をなぞりつつ濃密な水の香

靄の裳裾

肉声はひとのからだのよろこびをはこぶひとつの羽搏きとして

唇をかみしめてゐるかたちから月曜日つぼみ膨らむ気配

風景に桜の枝を投げ入れてときの流れるさまを見てゐる

人差し指に触れるひそかな感情を早送りするときのきらめき

火曜日は無数の耳の森を抜けまた会へるもう逢へぬ人へと

おほきすぎる青空は花びらなどを書物のうへに降らせてしまふ

頁をめくる指をひやしてゐるやうなさくらの歌の中のはなびら

水曜日ながれる日日と水音が集まつてきて私をぬらす

桜花ほのじろく咲く降りしきる花は心にうすく吸はれて

木曜日自転車乗りとガラス売りカデンツァの譜のなかを歩けば

感情は蜘蛛のやうなる網を張りまだしばらくは実感がない

春の海　さんふらわあのくれなゐが靄の裳裾をまた翻す

あとがき

窓から遠くの桜を眺めながら校正をしていたら、いろいろな思いの波が押し寄せて来ました。『奇麗な指』につづく七冊目、ほぼ九年ぶりの歌集。本書は、二〇一三年から二〇二一年までの作品をもとに纏めました。この時期は大きな喜びが三つ。十年ほど抱えていた宿題、『レダの靴を履いて　塚本邦雄の歌と歩く』を形に出来たことと、『葛原妙子全歌集』と塚本邦雄の全序数歌集を読み終えて「読む会」の参加者とともに、『葛原妙子論集』と『塚本邦雄論集』を出版できたこと。敬愛する歌人たちの歌集に透けてみえる心と言葉への思いを読み進むうちに、肩の力が抜けて、さまざまな短歌の良さがわかるようになった気がするのも、大きな喜びのひとつでした。

短歌の始まりには諸説あるけれど、長歌の内容を整理して、そこから生まれる感情などを詠む反歌と同じ定型。だからでしょうか、もともと答の雰囲気を纏っているような気がします。

世界から受け取った問いに、答えるという感じだろう。例えば、車窓いちめんのさざなみは、問。自傷の傷跡がきらめいているようだとした比喩は、答え。

中略

世界は問いに充ちていて、短歌は、あなたの言葉で答えよという。私の感じている世界を他の人に伝える。他人の描く世界に共感する。それぞれの世界の独自性を認める。「詩」の源には、問いと答えがあるらしい。私の感じている世界を描くことと、他人の感じている世界を知ること。わくわく度が高いのはどちらだろう。

短歌研究　二〇二〇年五月号エッセイより

こんなことを考えていたのは、世界の常識が大きく変化しはじめた時期だったからでしょう。

本書は、『レダの靴を履いて』でお世話になった田島安江さんともう一人、大切な友人にご助力をいただきました、ありがとうございます。私の予想を覆す装丁になるようで、ドキドキしています。今までお世話になった方々にも、改めてお礼申し上げます。

そしてここまでお読みくださったみなさまへ、ありがとうございました。

二〇二二年　桜の頃に　尾崎まゆみ

■尾崎まゆみ（おざき・まゆみ）略歴

一九五五年愛媛県今治市生まれ。
一九七七年早稲田大学教育学部国語国文学科卒業。
一九八七年塚本邦雄と出会い師事、「玲瓏」入会。
一九九一年「微熱海域」三十首により第三十四回短歌研究新人賞受賞。
現在「玲瓏」撰者、編集委員。「神戸新聞文芸短歌」選者、伊丹歌壇選者。
神戸新聞文化センター、ＮＨＫ神戸文化センター、コープ神戸などの講師。
日本文芸家協会、現代歌人協会会員。

歌集

『微熱海域』（一九九三年書肆季節社）
『酸つぱい月』（一九九八年砂子屋書房）
『真珠鎖骨』（二〇〇三年短歌研究社）
『時の孔雀』（二〇〇八年角川書店）
『明媚な闇』（二〇〇九年短歌研究社）日本歌人クラブ近畿ブロック優良歌集賞
『奇麗な指』（二〇一三年砂子屋書房）
セレクション歌人一二『尾崎まゆみ集』（二〇〇四年邑書林）

歌書

共著『山中智恵子論集』（二〇一三年現代短歌を読む会編）
共著『葛原妙子論集』（二〇一五年現代短歌を読む会編）
『尾崎まゆみ歌集』（二〇一七年現代短歌文庫一三二砂子屋書房）
『レダの靴を履いて　塚本邦雄の歌と歩く』（二〇一九年書肆侃侃房）
共著『塚本邦雄論集』（二〇二〇年短歌研究社）
『文庫版塚本邦雄全歌集第二巻』にエッセイ執筆

ユニヴェール19

歌集　ゴダールの悪夢

二〇二二年七月二十九日　第一刷発行

著　者　尾崎まゆみ
発行者　田島安江
発行所　株式会社　書肆侃侃房（しょしかんかんぼう）
〒八一〇－〇〇四一
福岡市中央区大名二－八－十八－五〇一
TEL：〇九二－七三五－二八〇二
FAX：〇九二－七三五－二七九二
http://www.kankanbou.com　info@kankanbou.com

編　集　田島安江
ブックデザイン　藤田瞳（acre）
印刷・製本　アロー印刷株式会社

ISBN978-4-86385-530-4　C0092